Mommy, Tell Me Why I Am Radiant

Mami, ¿dime por qué soy radiante?

by/por Sandra Gonzalez & Julia Rae Rodriguez

Illustrated by/Ilustraciones de Reynaldo Mora

SKILLFUL & Soulful PRESS

Published by / *Publicado por* Skillful & Soulful Press
Book Design by / *Diseño del libro por* Carl Angel
Translation edited by / *Traducción editada por* Elizabeth Huerta
ISBN: 978-0-9989520-0-0
Library of Congress Control Number / *Número de Control de la Biblioteca del Congreso:* 2017909692

Summary: A little girl and her mommy enjoy a delightful conversation that reminds them both of their radiance.
Resumen: Una niña y su mamá disfrutan de una encantadora conversación en la que la pequeña descubre que es tan radiante como lo es su madre.

The illustrations for this book were rendered in gouache and colored pencils on paper.
Las ilustraciones de este libro fueron realizadas con gouache y lápices de colores en papel.

or my Julia Rae,
lways remember that your radiance
the greatest gift you can offer the world.

Para mi Julia Rae, Siempre recuerda
que tú esplendor es el mejor regalo
que le puedes ofrecer al mundo.

— SG

For my amazing brother Cristian,
for being the best teacher I have.

Para mi hermano maravilloso Cristian,
por ser el mejor maestro que tengo.

— JRR

For my children Hannah Rhae and Gavino Rey, you are loved.

Para mis hijos Hannah Rhae y Gavino Rey, son amados.

— RM

Mommy, tell me why I am radiant.
Mami, ¿dime por qué soy radiante?

Baby, you are radiant because your captivating eyes are as enchanting as the twinkling sky.

Mi niña, eres radiante porque tus ojos cautivadores son tan encantadores como el centelleante cielo.

like a ray of sunshine.

como un reluciente rayo de sol.

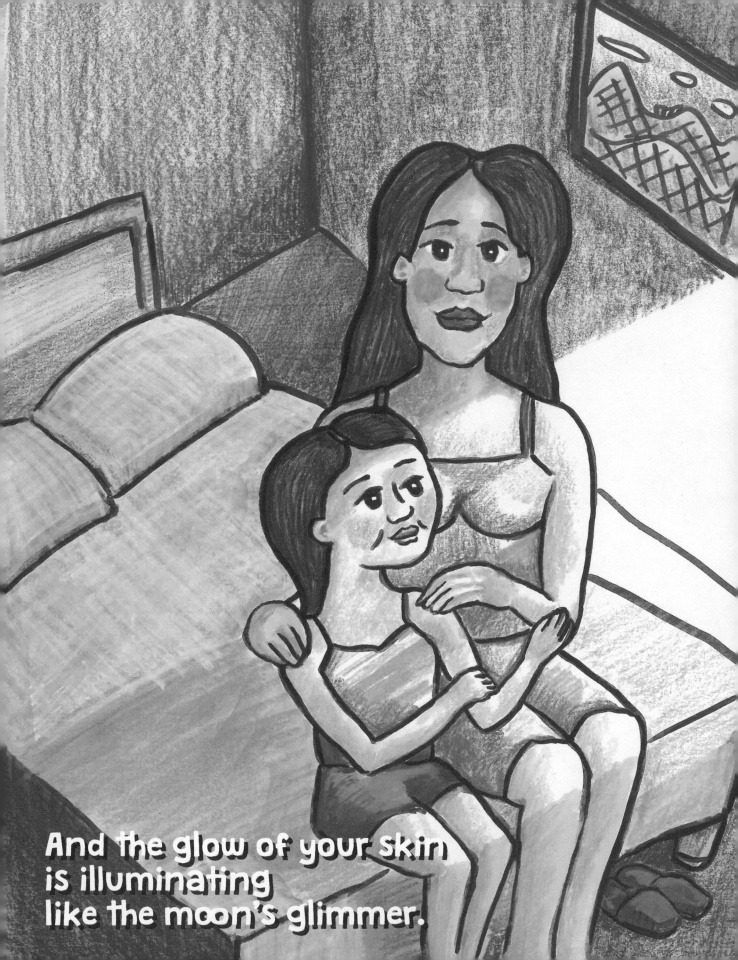

And the glow of your skin
is illuminating
like the moon's glimmer.

Y tu tersa piel
es luminosa como
la tenue luz de luna.

Mommy, tell me why I am radiant.

Mami, ¿dime por qué soy radiante?

¡10,000 luciérnagas!

Eres radiante porque
tus ideas geniales son tan
deslumbrantes como
cristales resplandecientes.

And your glorious creativity shimmers like gleams of light reflected off the majestic blue sea.

Y tu creatividad gloriosa
es tan chispeante como
lucecitas reflejando sobre el
majestuoso mar azul.

Mommy, tell me why I am radiant.
Mami, ¿dime por qué soy radiante?

Eres radiante
porque tu personalidad juguetona es tan
única como un cristalino copo de nieve.

And your kindness
and gratitude
warm my heart

Y tu gratitud
y bondad
entibian mi corazón

I am radiant
because you, mom,
are radiant!

¡Soy radiante
porque tú, mamá,
eres radiante!

Dear Mom,

Thank you for sharing this book with your daughter. By teaching your daughter a robust vocabulary, you are helping to prepare her to succeed in school and in life. Think of words as being the "currency of education". The more "deposits" you make into her "word bank", the more she gets to "profit" from in the future. Imagine how much value this can have in her success and happiness. You are "rich" with words! Please continue to share your "word wealth" by finding everyday opportunities to engage in conversations that enrich your daughter's vocabulary and life. Reading with her and talking about the wonders of nature are exceptional examples of these opportunities!

Querida mamá,

Gracias por compartir este libro con su hija. Al enseñarle a su hija un vocabulario extenso está ayudando a prepararla para tener éxito en la escuela y en la vida. Suponga que las palabras fueran "la moneda de la educación". Entre más "depósitos" haga usted en su "banco de palabras", más podrá ella "beneficiarse" en el futuro. Imagine el valor que esto puede tener en cuanto al éxito y la felicidad de su hija. ¡Usted es "rica" en palabras! Por favor continúe compartiendo su "riqueza" y encuentre oportunidades cada día para participar en conversaciones que enriquecen el vocabulario y la vida de su hija. ¡Leer con ella y hablar sobre las maravillas de la naturaleza son ejemplos excepcionales de estas oportunidades!

Child-Friendly Explanations by Julia Rae Rodriguez, 9 years

Brilliant - means super shiny or super smart
Captivating - means that something is really awesome and you want to know more about it
Charming - is a fancy way to say pretty or lovable
Dazzle – means to shine
Electrifying – means something is very exciting
Enchanting – magical and happy
Genius – someone who is really, really smart
Gleam – a light that is shining back from something
Glimmer - is another way of saying shiny or sparkly
Glistening - when something is wet and shiny
Glorious – means awesome or beautiful
Gratitude – when you want to say thank you
Illuminating – another word for bright and glowing
Majestic – means magical or beautiful
Personality – your own special way of being
Radiant – is another way to say that someone looks happy and pretty
Shimmers – means it twinkles and shines
Sparkling – is what you say when something is very bright and shiny
Twinkling - is another way of saying shiny
Vibrant - bright and colorful

Explicaciones sencillas para niños(as) por Julia Rae Rodriguez, 9 años

Alegría – Otra palabra para decir felicidad
Bondad – ser una buena persona
Cautivadores – cuando algo está tan bonito que te quedas viéndolo por mucho tiempo
Centelleante – quiere decir que brilla como lucecitas
Chispeante – así se le dice a alguien cuando tiene muchas buenas ideas
Deslumbrante – algo que tiene mucha luz
Divinamente – quiere decir que está perfecto
Electrizante – cuando algo hace sentir a una persona feliz y contenta
Encantadores – otra palabra para decirle a las cosas que son muy bonitas
Genial – alguien quien es muy inteligente
Gloriosa – quiere decir grande y maravillosa
Gratitud – cuando una persona se siente feliz y quiere decir gracias
Ilumina – otra forma para decir que algo trae luz
Luminosa – quiere decir que brilla
Majestuoso – algo que es grande y fuerte
Radiante – cuando una persona se ve feliz o muy bonita
Reluciente - es otra forma de decir brillante
Resplandeciente - cuando una persona se ve feliz o muy bonita
Tenue – cuando una luz brilla poquito
Vibrante – algo o alguien que pone a la gente contenta

CPSIA information can be obtained
at www.ICGtesting.com
Printed in the USA
LVHW070221150619
621340LV00006B/13/P